AF356787

SUR
LES LIBELLES.

A PARIS,

MDCCLIX.

SUR
LES LIBELLES.

Il y a bien des façons de subsister dans le monde, & l'industrie & l'esprit d'invention en fournissent tous les jours de nouvelles, sans compter les métiers ordinaires. Le seul talent d'écrire a enrichi les Savans du fruit de leurs véilles; les Auteurs du second ordre vivent par leurs Libraires; les uns se nourrissent en faisant des vers, les autres en corrigeant les impressions; d'autres en copiant; d'autres enfin se

char-

4

chargent du noble emploi de découvrir
les défauts des Favoris de la Fortune, &
des gens en place : ils travaillent ingé-
nieufement fur des caractères qui leur
font inconnus ; ils peignent d'imagination, & comme leur pinceau eft plus
noir que celui de Lespagnolet, leurs ta-
bleaux font chargés d'ombres. Ils ont
l'art de rendre leurs Héros odieux ; & il
faut avouer que ce beau talent leur rap-
porte encore. Cette dangereufe har-
dieffe gagne, & fe répand de nos jours ;
mais ceux qui s'y livrent doivent
craindre que leur nombre ne faffe baif-
fer leurs honoraires, & ne les réduife
enfin à la mendicité. Croiroit-on bien
qu'ils veulent s'atribuer les droits des
Cenfeurs de l'ancienne Rome? Je n'y
trouve qu'une petite différence; Rome

éli-

élifoit fes Cenfeurs, & ces Meffieurs s'inftallent eux-mêmes : Ils peuvent, comme les Rois, s'écrire par la grace de Dieu, & non par la faveur des hommes. Il faut avouër que leur ouvrage leur coûte peu de travail; ce n'eft pour la plupart qu'une déclamation d'injures, ou le fruit d'une imagination fombre & d'idées finiftres; ils trafiquent de ces injures, & ils les diftribuent au gré des Protecteurs qui favent reconnoitre leurs fervices. On ne ceffe de s'étonner de leurs témerités hardies, mais ils trouvent un azile dans leur obfcurité. Ce qui les fauve, c'eft le dédain avec lequel les hommes opulents & fuperbes traitent leurs libelles; leurs clameurs font un bruit discordant qui fe diffipe dans l'air, ils me paroiffent comme

)(3

des

des mouches qui s'amufent à piquer un Elephant.

Il y a quelques tems que je voyageois en Hollande ; paffant par une Ville, je fus obligé de m'arrêter dans une Auberge ; j'y vis entrer un homme affez bien vêtu, qui avoit la mine fiere, & le maintien impofant ; il regardoit avec un air de dédain ceux qui l'environnoient, & fembloit prendre le genre humain en pitié. Je le pris pour un de ces Meffieurs qui repréfentent deux ou trois fois la femaine les Rois fur le théatre, & qui, à force de les avoir joué, croyent enfin l'être. La fingularité de ce perfonnage me donna la curiofité de favoir qui il étoit ; l'hôte qui le connoiffoit me dit : c'eft un homme plus important que

que vous ne croyez, il a la faculté de faire & de défaire les réputations; mais à l'exemple des Conquérans, il est plus ocupé à détruire qu'à élever; il vit de sa plume, comme les cultivateurs de leurs champs; ses meubles, ses vêtemens, sa nourriture, tout est acquis aux dépens des grands Seigneurs qu'il immole à leurs concurrrens. Il fait à peu prés comme feu le Cardinal de Polignac, qui, dit-on, sacrifioit au Pape pour chaque Antique qu'il avoit la permission d'envoyer à Paris, quelque Evêque Janseniste qu'il faisoit exiler. Notre homme de même n'a pas un meuble dont il ne puisse nommer celui aux dépens de la réputation duquel il l'a acquis. Il roule un grand projet dans sa tête; si celui-là lui réussit, il ne croit

devoir troquer ſa fortune, ni avec Taxe-
ra, ni avec Swartzau. Et peut-on ſavoir,
dis-je, quel eſt ce merveilleux projet? Il
s'agit, dit l'hôte, d'une bonne ſatire contre un Souverain; s'il la rend bien forte
& auſſy maligne qu'on la lui demande,
les honneurs s'accumuleront ſur ſa tête.
Tout ce que je venois d'entendre, aug-
mentoit en moi la curioſité de connoitre
cet original; & l'envie me prit de lier
converſation avec ce despote, qui oſoit
juger les Grands pendant leur vie,
comme les Egyptiens les jugeoient
après leur mort. Je croyois reconnoitre
en lui l'eſprit de ces Papes qui excom-
munioient les Souverains, & mettoient
les Royaumes en interdit; ſurquoi j'a-
vance & j'aborde ce redoutable Cen-
ſeur. Il me reçut avec cet air de dignité,

ou

ou d'impertinence, dont les Miniſtres les plus enflés de leur faveur accueillent ceux qui leur demandent des graces. Sa fierté qui m'humilioit, me fit héſiter; cependant je m'encourageai & lui fis un aſſez mauvais compliment ſur le plaiſir que j'éprouvois à faire ſa connoiſſance. Après quelques propos vagues, je lui demandai s'il étoit content du mêtier qu'il faiſoit? Trés fort, repartit-il; j'ai des correſpondances ſecrètes à plus d'une Cour, & je tiens à une quantité de Seigneurs qui me craignent & me recherchent: je me ſuis fait un Empire par mon induſtrie, je domine ſans Etat, & je régne deſpotiquement ſans puiſſance. Mais, Monſieur, lui dis-je, votre Empire eſt-il bien ſolide, & n'avez-vous pas à craindre ces revers où l'elevation eſt

)(5

tant

tant expofée? Qu'aurois-je à appréhen-
der, repartit-il; on ne fauroit me déthrô-
ner; je gouverne les Efprits, & tant qu'il
reftera des plumes & de l'encre dans le
monde, j'irai mon train. Du fond de
mon Cabinet je régle les deftins de ceux
qui oppriment l'Univers. Voyez-vous,
j'ai entre mes mains la réputation de
tous ces Grands, devant qui le peuple fe
profterne; quand il me plait, je les fais
fécher de depit, je leur porte le défefpoit
au cœur, & je leur enleve le fruit de
toutes les faveurs, dont les comble la
Fortune. Ah! mécriai-je, quel plaifir in-
humain pouvez vous trouver à faire
des malheureux, fi tant y a que vous en
fasfiez? Etes-vous donc né avec les in-
clinations de ces Génies malfaifans, qui
éprouvent une cruelle joye, à ce qu'on
dit,

dit, en perſécutant le genre humain
Ah! Monſieur, de grace - - Quoi
dit-il en m'interrompant, croyez-vous
que je ſois à l'eau roſe? Je laiſſe les
ſcrupules & ces petites délicateſſes aux
eſprits timides; pour moi je me plais
à humilier la vanité & l'arrogance de
ceux qui n'ont rien à craindre, à attriſter
& à déſoler ces hommes durs qui ne
compâtiſſent jamais aux miſéres pu-
bliques, & à faire ſentir quelque mal
à ceux qui en font tous les jours.
Ah! Monſieur, je vous demande grace
lui dis je, pour le genre humain; ne
penſez pas qu'il ſoit auſſi pervers que
vous vous le figurez: il eſt vrai, le vice
coùvre la terre, mais l'infeċtion n'eſt
pas générale. Ne croyez pas que la
proſpérité ſoit incompatible avec la

vertu,

vertu: du moins diftinguez - - -
Je ne diftingue rien, repartit-il; tous les
hommes font mauvais: donc je peux
tous les attaquer en bonne confcience.
Vous ne l'avez pas délicate, dis-je, à ce
qu'il paroît? Et qui me nourriroit, re-
prit l'autre, quand j'ai faim? Dequoi
vivrois je; car, voyez-vous, de nos jours
il faut faire figure, ou l'on eft meprifé.
Perfonne ne paye mon filence: mais
on paye chèrement mes ouvrages, & je
ne travaille que fur le cœur de l'homme. Quelle chûte, mécriai-je, pour un
Souverain fi defpotique, pour ce Cen-
feur fi craint & fi redouté, pour ce
Juge fuprème de tous les Grands de la
Terre. Quoi! Créfus, au milieu de fes
thréfors, eft à l'aumône? Trève de ba-
dine-

dinerie : ma Royauté ne me nourrit qu'à mesure que j'en fais les fonctions. Je suis, il est vrai, plus absolu que les Rois ; ils sont les esclaves des loix, ils ne peuvent punir ou récompenser que selon qu'elles le permettent ; ils ne peuvent rien pour la gloire ; ils ne la donnent, ni ne l'ôtent : au lieu que je me rens l'arbitre de l'opinion du public, & que par l'ascendant que j'ai pris sur lui, il se forme l'idée des personnes selon que je les lui peins ; &, de même que les Rois, je reçois des subsides que la méchanceté des uns me paye pour révéler la turpitude des autres. Cela fait que je taxe les Seigneurs & les Princes ; ils sont mes esclaves, je vends leur nom plus ou moins cher, selon que je trouve de difficulté à ravaler leur mérite ; je mets à contribution

la

la haine & l'envie; je ne me borne pas aux particuliers; le Thrône n'a rien qui m'effraye. Moi, tel que vous me voyez, sans thréfors & sans troupes, je déclare la guerre aux Rois, & les attaque, quelque puiffans quils foyent. En vérité vous risquez beaucoup, lui dis-je; la guerre a fes hazards, & vous pourriez un jour effuyer de ces revers que les plus grands Capitaines ont éprouvés, & être battu à plate couture. Trève de plaifanterie, reprit-il; ces Princes, ces Monarques, ne favent pas fe fervir de mes armes; à peine peuvent-ils figner leur nom. S'ils vouloient fe battre à coups de plume, vous verriez beau jeu; leurs écrits feroient rebutés, & l'on ajoûte foi aux miens. Ce qui me rend redoutable, c'eft que je fuis le précepreur du public;

public; je dirige ce que je veux qu'il
penſe. Mais, lui dis-je, les Souverains
n'auroient pas beſoin de ſe ſervir de la
plume - - Tout beau, reprit-il, je
crois que vous allez ſur mes briſées.
Dieu m'en garde, dis-je, Monſieur; ſi ce
n'eſt peut-être que quelque vertu ne
vous ſoit echapée, comme du Corps
des Saints, qui opère ſur moi. Mais,
pour en revenir à notre ſujet, apprenez-
moi de grace comment vous parvenez
à décrier ceux ſur lesquels la médi-
ſance n'a point de priſe? Nai-je pas de
l'imagination, repartit mon homme?
Eſt-il plus difficile de faire une Satire
qu'un Roman! Qu'en coûte-t-il de com-
poſer des anecdotes ſecrètes, de fabri-
quer des hiſtoires qui ayent de la vrai-
ſemblance; car le degré de probabilité
qu'on

qu'on a l'art de donner aux Contes qu'on
publie eſt préciſément ce qui les accré-
dite le plus ; & après tout, eſt-il ſi difficile de donner des ridicules aux hommes ? Il étoit ſur le point de me révéler
tous ſes ſecrets, lorsque je ne pus m'em-
pêcher de lui dire que je me trouvois
très heureux que la Fortune ne m'a-
voit pas élevé dans un rang où j'aurois
risqué de tomber ſous ſa main ;
& que je béniſſois le Ciel de ma mé-
diocrité, qui ne me rendoit pas aſſez
important pour être traduit par lui
aux yeux du public. Je ne puis vous
disſimuler, ajoutai-je, que dans votre
place, je craindrois ces hommes puiſ-
ſants, qui ont les bras ſi longs qu'ils
atteignent partout, d'autant plus que
comme vous affectez un gouvernement
tyran-

tyrannique, il me paroit que vous vous préparez la deſtinée des Tyrans. Sur quoi notre perſonnage entra dans un noble & héroïque enthouſiasme, & me fit ſentir qu'il n'y avoit rien de plus il-luſtre, ni de plus courageux, que de risquer les entrepriſes hardies, que l'on ne payoit point les perſonnes qui marchent dans les rues, mais bien cel-les qui danſent ſur la corde, & que ce n'étoit qu'en formant des projets diffi-ciles & hazardeux que l'on faiſoit paſſer ſon nom à l'immortalité. Il m'étala avec faſte les ſentiments de fermeté & de conſtance de ſon ame. Oui, ajouta-t-il je m'expoſerois gayement au plus cruel martire pour ſoutenir mon indé-pendance, ma liberté, mes droits, & la ſatisfaƈtion intérieure que je trouve à

gloſer

glofer fur toute la terre. C'eft bien dommage, lui dis-je, que vous n'êtes pas venu au monde durant les premiers fiècles de l'Eglife; votre nom auroit éclaté durant les perfécutions : il feroit à préfent dans la Legende, & fans doute que votre Fête feroit chommée. Mais je crains bien qu'il n'en arrive tout autrement que vous ne penfez, & qu'après avoir un tems fervi d'inftrument aux vengances fourdes d'illuftres envieux, vous ne finifliez tragiquement, fans gagner pour votre nom la célebrité que vous attendez.   Il alloit me répondre, lorsque quelqu'un qui avoit entendu la fin de notre converfation, s'approcha de nous, & s'avifa de lui conter fèchement, & avec affez d'indifcrètion, la fameufe hiftoire de la cage de fer, où, dit-on,

dit-on, Louïs XIV. fit enfermer un dé-
clamateur de ce genre qui avoir exercé
fon talent contre ce Prince. Notre
homme dit qu'il régnoit toutes les an-
nées des fievres malignes au Printems,
mais que tout le monde n'en mouroit
point; que les Grands ne connoiffent
pas la valeur des bons mots; que ce
fiecle étoit trés difficile, & qu'il le de-
venoit toujours davantage; que l'on
faifoit trop peu de cas du mérite & des
talents: mais je m'aperçus que, depuis
l'hiftoire de la cage de fer, il avoit
changé de phifionomie. En effet il de-
vint rêveur & taciturne. Comme je le
vis fi fombre, je le quittai & l'abandon-
nai à fes triftes reflexions. Ne peut-on
pas conclure de tout cela, que quand
même la mechanceté étouffe les re-
mords,

mords, elle n'eſt jamais ſans appréhen-
ſions cruelles, & qu'une vie vertueuſe
eſt la ſeule tranquille.

F I N.